Gros dodo

JEREMY TANKARD

**Texte français
de Josée Leduc**

SCHOLASTIC

C'est l'heure
du dodo,
mais Oiseau
n'a pas
du tout
sommeil.

Ses ailes veulent voler.
Ses pattes veulent courir.
Tout son corps veut jouer.

Renard vient de s'installer confortablement
pour la nuit quand Oiseau arrive.
— Tu en fais tout un tintamarre à l'heure du dodo!
— Je ne suis pas fatigué, dit Oiseau.

— Prends mon doudou,
dit Renard. Moi, ça m'aide
à m'endormir.

— Doudou
tourloutoutou! dit Oiseau.
Amusons-nous!

Renard a trop sommeil pour jouer.
Alors Oiseau va voir Castor.

— C'est l'heure du dodo, Oiseau, dit Castor.
— Dormir, c'est pour les bébés, répond Oiseau.
— Je peux te lire une histoire, dit Castor.
— Non, merci. Pas pour moi, répond Oiseau.

Il tapote Castor sur le bras.

— Touché, tu as la tague!

Oiseau court vite chez Lapin,
mais Castor ne le suit pas.

— Tout le monde dit que c'est l'heure du dodo,
dit Oiseau, mais je ne suis pas fatigué.
— Veux-tu te blottir contre mon chat en peluche?
demande Lapin.

— UN CHAT EN PELUCHE!
répond Oiseau.
Tu veux VRAIMENT que je
fasse des cauchemars?

Oiseau se rend chez Raton Laveur.
— Raton, dit Oiseau, veux-tu jouer avec moi?
— C'est l'heure du dodo, dit Raton Laveur.
Je vais chanter une jolie berceuse
et sombrer dans le sommeil.

— Mais tu es
un animal
NOCTURNE!
dit Oiseau.

Pourquoi est-ce
que personne
ne veut jouer?

Oiseau volette jusque chez Mouton.

Oiseau part en coup de vent.

Si personne ne veut jouer avec lui,
il va marcher, marcher, marcher...
pour toujours.

Un peu plus tard, il s'assoit,
les ailes baissées
et les jambes molles.

— JE NE SUIS PAS FATIGUÉ!
gémit-il.
POURQUOI EST-CE QUE
JE DEVRAIS DORMIR?

Les amis d'Oiseau accourent
en entendant ses pleurs.

Renard emmitoufle Oiseau dans sa couverture.
Castor lui lit une histoire.
Lapin lui dépose son chat en peluche sous l'aile.
Raton Laveur lui chante une berceuse.
Mouton se compte lui-même jusqu'à ce qu'il
ne puisse plus compter.

— Je... ne... suis... pas... fatigué...
marmonne Oiseau en fermant les yeux.

— Enfin! disent ses amis.

Puis ils s'étendent tous près d'Oiseau et s'endorment.

Oiseau se retourne.
Il ouvre les yeux.
Il bâille et s'étire.

— **Ohé!** s'exclame Oiseau.
Qui veut jouer?

Catalogage avant publication de Bibliothèque et Archives Canada

Tankard, Jeremy
[Sleepy Bird. Français]
    Gros dodo / Jeremy Tankard, auteur et illustrateur ; texte français
de Josée Leduc.

Traduction de: Sleepy Bird.
ISBN 978-1-4431-6597-6 (couverture souple)

    I. Leduc, Josée, 1962-, traducteur II. Titre. III. Titre: Sleepy Bird.
Français.

    PS8639.A57S5414 2018   jC813'.6   C2017-906113-5

Édition publiée par les Éditions Scholastic, 604, rue King Ouest, Toronto (Ontario) M5V 1E1.

5 4 3 2 1   Imprimé en Chine CP75   18 19 20 21 22

Le titre a été composé en caractères Flyerfonts Vandalism.
Le texte a été écrit en caractères Gill Sans Extra Bold.
Les illustrations ont été faites à l'encre et à l'aide d'outils numériques.
Conception graphique : Marijka Kostiw

À mes deux

grands dormeurs,

Hermione

et Theo.